Uli Geißler

100 tolle Kinderspiele

Der Autor

Uli Geißler ist evangelischer Diakon sowie ausgebildeter Spiel- und Kulturpädagoge. Mit langjähriger Erfahrung in Gruppen-, Kultur- und Spielpädagogik ist er auf Landesebene als Referent der Evangelisch-Lutherischen Kirche in Bayern für die „Arbeit mit Kindern" sowie „Kinder- und Jugendkulturarbeit" tätig.
Als Autor zahlreicher Gesellschaftsspiele und vieler Spielebücher hat er seine Kreativität und seinen Ideenreichtum bereits vielfach unter Beweis gestellt.
Uli Geißler lebt mit seiner Frau und seinen beiden Söhnen in Fürth.
Im Ravensburger Buchverlag erschienen von ihm bisher die beiden Standardwerke
„Das große Ravensburger Spielebuch" sowie
„Das große Ravensburger Naturspielebuch".

Dieses Buch widme ich meiner lieben Familie:
Rosi, Benedikt und Ferdinand.

Darüber hinaus habe ich dieses Buch aber auch für all diejenigen verfasst, die mit Lust und Freude spielerisch experimentieren, neue Möglichkeiten entdecken, ausprobieren und eigene Ideen entwickeln wollen.

Herzlich danken möchte ich allen, die über die Jahre hinweg mitgespielt haben und wichtige Partnerinnen und Partner bei der Entwicklung und Erprobung der Spielideen waren. Ihr sollt wissen, dass es mir mit euch immer Spaß gemacht hat.

Uli Geißler
Ralf Butschkow

100 tolle Kinderspiele

Lustige Spiele mit Materialien aus dem Alltag

Ravensburger Buchverlag

Ungewöhnliches Spielvergnügen mit gewöhnlichen Materialien

Spiele ermöglichen Momente ohne Hektik, voller Aktivität und intensiven Erlebens. Unbestritten gehören Spiele und das Spielen zu den wichtigsten Ausdrucks- und Aneignungsformen von Bildung und Kultur der Menschen. Dieses Buch will nicht belehren, fordern oder bestimmen, sondern anregen, vorschlagen und zu größtmöglicher Beteiligung motivieren. Viele der vorgestellten Spiele verzichten deshalb auf ein Sieger-Verlierer-Schema. Vielmehr liegt der Reiz darin, die Aufgabe alleine oder gemeinsam zu lösen. Wer möchte, kann vor dem Spiel vereinbaren, dass jemand zum Gewinner gekürt wird, sofern er die Spielaufgabe zuerst oder am besten erfüllt hat.

Der gemeinsame Spielspaß mit kostengünstigen und zum Spielen eher ungewohnten Materialien steht in diesem Buch im Vordergrund. Der Witz mancher Spiele liegt oft schon in der Verwendung eines bestimmten Materials, einer lustigen oder nicht alltäglichen Spielaufgabe oder in einer etwas „ver-rückten", also etwas unüblich umgesetzten Regel. Es kann dabei auch bereichernd sein, die Regeln im Spiel miteinander zu verändern oder den eigenen Spielgewohnheiten anzupassen.

Dabei ist der Kontakt zwischen den Mitspielerinnen und Mitspielern entscheidend, die im Spiel auf fröhliche und lockere Weise die heiteren Seiten des Lebens entdecken können.

Allen Spielfreudigen wünsche ich viele kreative, schöne Momente

Die folgenden Symbole erleichtern die Auswahl:

 Alter der Spieler

 Anzahl der Spieler

 Spieldauer

 Stilles und konzentriertes Spiel

 Bewegungsintensives Spiel

Wenn nicht anders angegeben, sind die Spiele an jedem Ort spielbar.

Uli Geißler
Ralf Butschkow

100 tolle Kinderspiele

Lustige Spiele mit Materialien aus dem Alltag

Ravensburger Buchverlag

Bibliografische Information Der Deutschen Bibliothek

Die Deutsche Bibliothek verzeichnet diese Publikation in der Deutschen Nationalbibliografie; detaillierte bibliografische Daten sind im Internet über *http://dnb.ddb.de abrufbar.*

Die Schreibweise entspricht den Regeln der neuen Rechtschreibung.

Illustrationen: Ralf Butschkow
Fotos: Heidi Velten
Umschlag: Ute Schwarz
Redaktion: Britta Vorbach
Printed in Germany

4 3 2 1 07 06 05 04

ISBN 3-473-37850-X
www.ravensburger.de

Inhaltsverzeichnis

Spiele mit Seilen

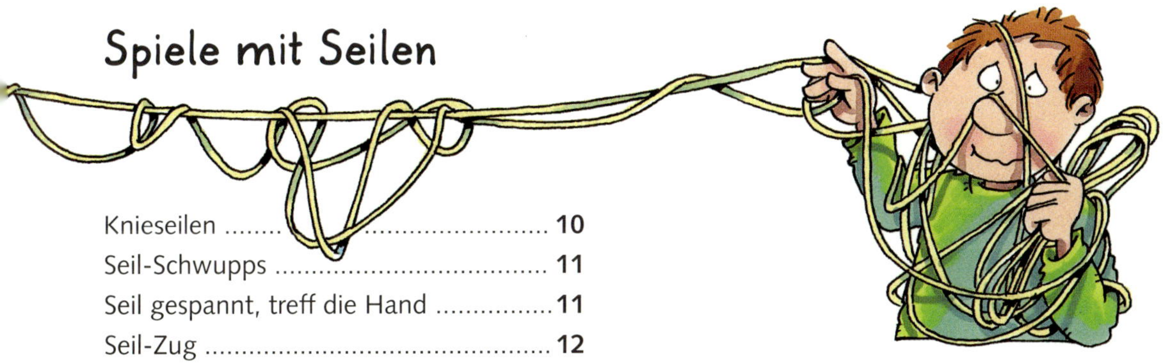

Knieseilen 10
Seil-Schwupps 11
Seil gespannt, treff die Hand 11
Seil-Zug 12
Flaschengeist 12
Spannungsseil 13
Seilführung 13
Doppelseilen 14
Kreisseilwerfen 14
Von Hand zu Hand 15
Stuhlseilen 15
Halsseilen 16
Verseilen 16

Spiele mit Steinen

Goldsieber 18
Silber und Gold 19
Schotter abschätzen 19
Steinruine 20
Versteckt und wieder entdeckt 20
Zu Fuß über den großen Fluss 21
Alles oder nichts 21
Verschwunden – gefunden 22
Dazu oder Buh 22

Spiele mit Drähten

Drahtbalance 24
Was ich sehe, biege ich 25
Drahtarm 25
Eng gedreht 26
Der goldene Ring 26
Zitterdraht 27
Wortdraht 27
Drahtbesteck 28
Aufgespießt 28
Drahtschatten 29
Stromdraht 29
Blindbieger 30

Spiele mit Tüchern

Betucht 32
Tuch-Hockey 33
Knietuch 34
Tausendfüßlers Taschentuch 35
Tunneltuch 36
Was verbirgt das Tuch? 36
Kreiseltuch 37
Kopftuch 37
Schleuderlappen 38
Fühl alle unterm Tuch 38

Spiele mit Hölzern

Holzwurf 40
Fußholz 41
Paarhölzer 41
Holzformen 42
Treibholz 42
Holzstapelturm 43
Fliegendes Feuerholz 43
Holz-Nest 44
Stockzug 44
Fallende Stöcke 45
Körperholz 45
Holz-Fuß-Pyramide 46
Scheit-Kreis 46

Spiele mit Pappe und Papier

Hochstapler 48
Echt heiß 49
Wunderröhre 49
Gut behütet 50
Mini-Zeitung 50
Das stand in der Zeitung 51
Pressekollektion 51
Höre, schau und hau 52
Presse-Wäsche 52
Nachrichtenbalance 53
Nachrichtensauger 53
Nachrichten-Labyrinth 54
Neues vom schnellsten Reporter 54

Spiele mit Münzen oder Deckeln

Das Schwerste am Schluss 56
Stapelscheiben 57
Blinder Bankier 57
Deckeldreher 58
Scheibenroller 58
Mini-Shuffleboard 59
Deckel-Tablett 60
Randeckeln 60
Die kleinen Kolibris 61

Ungewöhnliches Spielvergnügen mit gewöhnlichen Materialien

Spiele ermöglichen Momente ohne Hektik, voller Aktivität und intensiven Erlebens. Unbestritten gehören Spiele und das Spielen zu den wichtigsten Ausdrucks- und Aneignungsformen von Bildung und Kultur der Menschen. Dieses Buch will nicht belehren, fordern oder bestimmen, sondern anregen, vorschlagen und zu größtmöglicher Beteiligung motivieren. Viele der vorgestellten Spiele verzichten deshalb auf ein Sieger-Verlierer-Schema. Vielmehr liegt der Reiz darin, die Aufgabe alleine oder gemeinsam zu lösen. Wer möchte, kann vor dem Spiel vereinbaren, dass jemand zum Gewinner gekürt wird, sofern er die Spielaufgabe zuerst oder am besten erfüllt hat.

Der gemeinsame Spielspaß mit kostengünstigen und zum Spielen eher ungewohnten Materialien steht in diesem Buch im Vordergrund. Der Witz mancher Spiele liegt oft schon in der Verwendung eines bestimmten Materials, einer lustigen oder nicht alltäglichen Spielaufgabe oder in einer etwas „ver-rückten", also etwas unüblich umgesetzten Regel. Es kann dabei auch bereichernd sein, die Regeln im Spiel miteinander zu verändern oder den eigenen Spielgewohnheiten anzupassen.

Dabei ist der Kontakt zwischen den Mitspielerinnen und Mitspielern entscheidend, die im Spiel auf fröhliche und lockere Weise die heiteren Seiten des Lebens entdecken können.

Allen Spielfreudigen wünsche ich viele kreative, schöne Momente

Die folgenden Symbole erleichtern die Auswahl:

 Alter der Spieler

 Anzahl der Spieler

 Spieldauer

 Stilles und konzentriertes Spiel

 Bewegungsintensives Spiel

Wenn nicht anders angegeben, sind die Spiele an jedem Ort spielbar.

Spiele mit Seilen

Spiele mit Seilen

Sehr anregend und spaßig sind Seile als Spielmaterial. Am besten eignen sich Kunststoffseile (Polypropylen). Sie sind im Baumarkt in verschiedenen Stärken, Farben und Längen erhältlich. Die Seile sollten sich weich anfühlen und biegsam sein. Sisalseile sind daher eher ungeeignet. Dickere Kunststoffseile kann man mit einem Lötkolben und einer eingesetzten Schneide gut trennen und die Enden der Schnüre verschmelzen. Das schützt davor, dass sie zu schnell ausfransen und sich in die einzelnen Fasern auflösen.

Tipp

Für die Spiele kann man auch gebrauchte Bergsteigerseile verwenden. Man bekommt sie manchmal günstig bei den Ortsgruppen der Alpenvereine, wenn man dort versichert, dass sie ausschließlich für die in diesem Buch beschriebenen Spiele eingesetzt und nicht mehr zum Bergeinsatz verwendet werden.

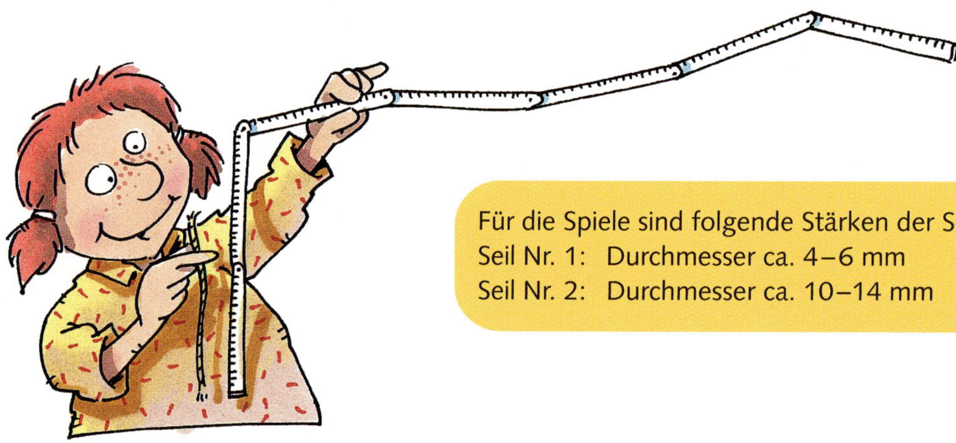

Für die Spiele sind folgende Stärken der Seile nötig:
Seil Nr. 1: Durchmesser ca. 4–6 mm
Seil Nr. 2: Durchmesser ca. 10–14 mm

Knieseilen

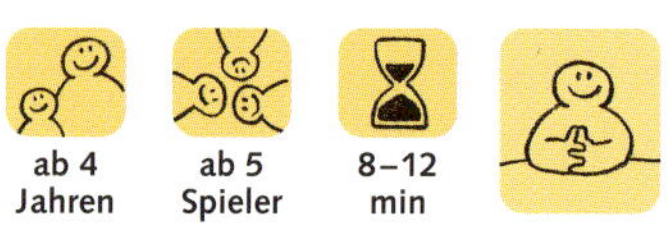

Material

1 Seil (Nr. 1 oder 2), ca. 30–40 cm lang

Alle sitzen im Kreis auf Stühlen und halten ihre Hände hinter den Rücken. Ein Spieler bekommt das Seil auf den Schoß gelegt und dieses soll nun ohne Zuhilfenahme der Hände an den im Uhrzeigersinn links sitzenden Spieler weitertransportiert werden. Dabei dürfen die Spieler nicht aufstehen.

Seil-Schwupps

5–8 min | ab 4 Spieler | ab 5 Jahren

Material

Je Spielerpaar 1 Seil (Nr. 2), ca. 30–40 cm lang

Jedes Spielerpaar bekommt ein Seil. Einer der beiden Spieler eines Paares legt das Seil auf den Boden und stellt sich ungefähr in der Mitte breitbeinig darüber. Der zweite Spieler stellt sich direkt vor ihm auf, sodass er mit dem Fuß das Seilende erreichen kann. Der breitbeinig stehende Spieler greift mit einer Hand so hinter sich, dass er das Ende des Seiles fassen kann. Ein Zeichen gibt das Spiel frei und nun versucht der über dem Seil stehende Spieler das Seil hinter sich zwischen den Beinen herauszuziehen, während sein Partner versucht, das zu verhindern, indem er blitzschnell auf das Seil tritt. Nach mehreren gelungenen oder misslungenen Versuchen wechseln die Rollen.

Seil gespannt, treff die Hand

5–10 min | ab 6 Spieler | ab 4 Jahren

Material

1 Seil (Nr. 2), ca. 5 m lang

Ein langes Seil wird zu einem Ring zusammengeknotet. Alle bilden einen Kreis und spannen das Seil möglichst straff. Ein Spieler, der „Tatscher", steht in der Kreismitte und versucht, die Hand eines Spielers am Seil zu berühren. Wer am Seil steht und „angegriffen" wird, darf seine Hand aber geschwind wegziehen, also das Seil loslassen. Die anderen spannen das Seil entsprechend stärker. Nach jedem Versuch muss die weggenommene Hand rasch wieder an das Seil gelegt werden. Wer getroffen wurde, wechselt in die Mitte, während der erfolgreiche „Tatscher" nun mit ans Seil darf.

ab 6 Jahren | ab 4 Spieler | 5–8 min

Material

Je Spieler 1 Seil (Nr. 1 oder 2), ca. 30–40 cm lang

Tipp

Wichtig: Vor dem Spiel müssen alle Spieler ihren Kopf-, Hals- und Ohrenschmuck ablegen, um Verletzungen zu vermeiden.

Halsseilen

Jeder Spieler legt sich ein Seil um den Hals, sodass die beiden Enden nach vorne herunterhängen. Das Seil darf nicht mit dem Kinn eingeklemmt oder durch den Kragen versteckt werden! Eine Hand ist stets auf dem Rücken zu halten. Alle Spieler versuchen, nach dem Startsignal möglichst viele Seile der anderen Spieler zu schnappen, ohne das eigene oder die schon gesammelten zu verlieren. Seile, die man schnappen konnte, hängt man sich ebenfalls um den Hals. Selbstverständlich dürfen auch mehrere Seile gleichzeitig geschnappt werden. Seile, die zu Boden fallen, dürfen nicht aufgehoben werden. Wer kein Seil mehr um den Hals hat, bleibt stehen, darf aber versuchen, vorbeilaufenden Spielern Seile wegzuschnappen. Sobald jemand mehr als vier Seile hat, endet das Spiel.

Variante

Heruntergefallene Seile dürfen vom Boden wieder aufgehoben werden.

ab 7 Jahren | ab 2 Spieler | 8–12 min

Material

Je Spieler 1 Seil (Nr. 1 oder 2), ca. 1 m lang

Verseilen

Alle Spieler bekommen ein Seil. Nach dem Startsignal knüpft jeder so viele Knoten in das Seil, wie es ihm möglich ist. Wer schafft die meisten? Ist die Zeit abgelaufen, werden alle Knoten gezählt. Steht der Sieger fest, wird wieder alles entknotet. Dabei dürfen alle Vielknoter zunächst nur so viele Knoten ihres Seiles öffnen, bis sie die gleiche Anzahl Knoten im Seil haben, wie der Spieler mit den wenigsten. Dann ertönt erneut das Startsignal und alle entwirren um die Wette ihre Verknüpfungen.

Variante

Wer schafft es am schnellsten, das Seil mit verbundenen Augen zu verknoten?

Spiele mit Steinen

Spiele mit Steinen

Steine in allen denkbaren Größen, Farben und Erscheinungen kann man leicht sammeln. Man findet sie bei Wanderungen am Wegesrand, im Garten oder in Kiesgruben. Seit Menschengedenken wurden Steine für vielfältige Spiele und Vergnügungen genutzt. Ein paar neue Ideen bereichern das Spielerepertoire.

Tipp

Die Suche nach schönen und geeigneten Steinen kann so manchen Spaziergang zur Schatzsuche werden lassen.

ab 6 Jahren | ab 2 Spieler | 8–12 min

Material

1 Teller, 21 kleine Steinchen, 4 davon markiert mit dem Punktwert 1 sowie ein Stein mit dem Punktwert 2

Goldsieber

Ein Spieler wird der erste „Goldsieber". Er bekommt den Teller mit den einundzwanzig Steinchen und soll nun durch Dreh- oder Schüttelbewegungen alle Steinchen ohne Markierung vom Teller „sieben". Sobald jedoch die letzte 1 oder die 2 vom Teller fallen, kommt der nächste Spieler an die Reihe. Wer es jedoch schafft, dass am Ende noch das 2er-Steinchen oder auch ein bzw. mehrere 1er-Steinchen auf dem Teller liegen, bekommt Pluspunkte notiert: ein Punkt für jeden Stein mit einer 1 und zwei Punkte für die 2. Zum Glücksspiel wird es, wenn man die Markierungen nicht sieht und „blind" sieben muss.

Silber und Gold

8–12 min | ab 3 Spieler | ab 5 Jahren

Material

Je Spieler 4 kleine Steine (Silber) sowie je 1 Stein (Gold), der eine markante Form aufweist

Die Spieler betrachten zunächst alle vorhandenen Spielsteine und stellen sich dann barfuss und mit geschlossenen Augen an beliebigen Plätzen innerhalb des Spielfeldes auf. Der Spielleiter verteilt leise alle Steinchen auf dem Boden. Dann gibt er ein Startzeichen und alle gehen vorsichtig kreuz und quer über die Spielfläche. Mit den Füßen tasten die Spieler den Boden ab und sobald jemand einen Stein entdeckt, kann er diesen aufnehmen und einstecken. Jeder darf nur fünf Steine einsammeln, es empfiehlt sich also, den Stein vorher mit den Füßen zu ertasten, um zu erkennen, ob es ein Goldstein ist. Wer einen Stein mit der Hand berührt hat, darf ihn nicht mehr zurücklegen. Wer bewusst oder versehentlich die Augen öffnet, bleibt stehen und darf keinen Stein mehr aufnehmen. Wenn alle Steine eingesammelt wurden, wird verglichen, wer das meiste Gold besitzt. Dieser Spieler hat gewonnen und darf in der nächsten Runde die Steine verteilen.

Tipp

Der Spielleiter achtet darauf, dass alle ihre Augen geschlossen halten und sich beim Suchen niemand verletzt.

Schotter schätzen

5–20 min | ab 2 Spieler | ab 8 Jahren

Material

Viele Steinchen, 1 Gefäß

Ein Spieler wird als „Schotter-Zähler" gewählt. Die anderen Spieler wenden sich ab oder schließen die Augen. Der Schotter-Zähler zählt eine bestimmte Menge Steine ab und füllt sie in das Gefäß. Den Rest der Steine versteckt er, z. B. hinter seinem Rücken oder unter einem Tuch. Die Ratespieler dürfen nun einen Blick in das Gefäß werfen. Jeder schätzt ab, wie viele Steine sich darin befinden. Wer der tatsächlichen Zahl am nächsten kam oder sie gar erraten hat, hat gewonnen und wird der nächste Schotter-Zähler.

ab 4 Jahren | ab 1 Spieler | 8–12 min

Material

Viele verschieden große Steine

Ort

Überall, wo Steine geworfen werden können

Tipp

Da selten „richtige“ Treffer zu Stande kommen, kann man auch die Anzahl der erlaubten Fallsteine erhöhen.

Steinruine

Aus unterschiedlich großen Steinen wird ein Turm aufgeschichtet. Um diesen Turm herum wird ein Kreis markiert, der etwa 50 cm Abstand zum Turm aufweist. Die Aufgabe besteht nun darin, den Turm Schicht für Schicht abzubauen. Dazu wirft man von der Kreislinie aus mit einem kleinen Steinchen den obersten Stein des Turms herunter, dann den nächsten usw.
Im Wettstreit zwischen mehreren Spielern werden „richtige“ Treffer gezählt, d. h. wenn bei einem Wurf nur ein Stein herunterfällt. Wer am Ende die meisten Treffer hatte, ist Sieger.

ab 4 Jahren | ab 2 Spieler | 10–15 min

Material

Ca. 20 kleine Steinchen

Versteckt und wieder entdeckt

Ein Spieler nimmt alle Steinchen. Die anderen Spieler verlassen den Raum bzw. Spielort, damit der „Verstecker“ die Steinchen auf der Spielfläche verstecken kann. Die Verstecke dürfen nicht zu kompliziert oder unerreichbar sein. Sobald alle Steine versteckt wurden, werden die anderen Spieler gerufen und die Suche beginnt. Gewonnen hat, wer die meisten Steine entdecken konnte. Dieser Spieler darf nächster „Verstecker“ sein.

Zu Fuß über den großen Fluss

10–15 min | ab 4 Spieler | ab 6 Jahren

Material

6 flache ca. handteller- bis fußgroße Steine

Ort

Überall, wo man Steine auf dem Boden ablegen kann

Zunächst markiert man eine 3–4 m breite und etwa ebenso lange Fläche als „Fluss", den es zu überqueren gilt. Im Fluss verteilen die Spieler gleichmäßig alle Steine, wobei ihr Abstand nicht zu groß sein darf. Die Spieler bilden nun Teams. Jedes Team muss den Fluss überqueren, dabei darf aber nur auf die Steinen getreten werden. Die Spieler können dies einzeln versuchen. Schwieriger, aber auch interessanter und lustiger wird es, wenn ein Team versucht, gemeinsam zu laufen und sich gegenseitig zu helfen. Jeder Fehltritt wird gezählt. Das Team mit den wenigsten „Fehltritten" hat gewonnen.

Alles oder nichts

10–20 min | ab 2 Spieler | ab 6 Jahren

Material

Je Spieler ca. 10 kleine Steinchen

Tipp

Das Spiel ist eine Abwandlung des traditionellen „Kacherlschieben", einem alten bayerischen Murmelspiel.

Etwa 2–3 m von der Grundlinie entfernt markiert man einen faustgroßen Kreis. Jeder Spieler bekommt zehn kleine Steinchen. Von der Grundlinie aus wirft der erste Spieler nacheinander drei Steinchen in den Kreis. Dann folgt der nächste Spieler ebenfalls mit drei Würfen. Haben alle Spieler geworfen, darf der Spieler, der mit den meisten Steinchen den Kreis getroffen hat, versuchen, die Steine außerhalb des Kreises mit der Breitseite des Zeigefingers in den Kreis zu schnippen. Gab es keinen eindeutigen Sieger, kommen die Spieler in umgekehrter Reihenfolge wie beim Werfen an die Reihe.
Trifft ein Spieler beim Schnippen einen Stein in den Kreis, darf er weitermachen. Trifft er daneben oder schießt Steinchen aus dem Kreis heraus, folgt der nächste Spieler. Wer schließlich das letzte Steinchen in den Kreis befördert, bekommt als Siegprämie alle Steinchen im Kreis.
Mit ihren verbliebenen Steinchen spielen alle die nächste Runde wieder mit drei Würfen und dem nachfolgenden Schnippen. Das Spiel endet nach so vielen Runden, wie Spieler beteiligt waren. Wer die meisten Steinchen hat, ist Gewinner.

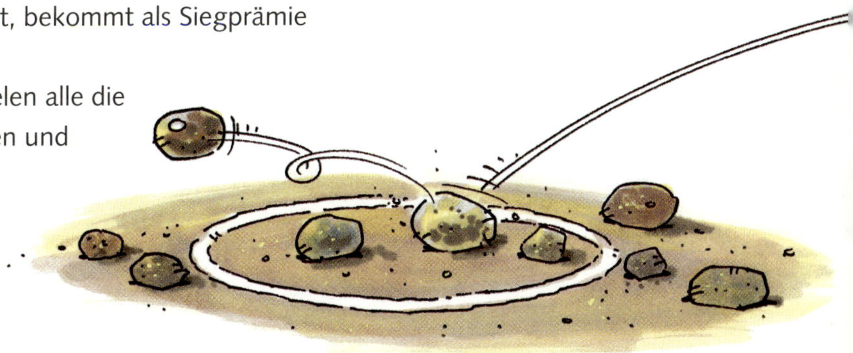

ab 4 Jahren | ab 2 Spieler | 5–8 min

Material

12 möglichst markante Steine

Tipp

Man kann sich auch gemeinsam Namen für die einzelnen Steine ausdenken wie z. B. „Doppelauge", „Streifenstein" oder „Haifischflosse". So lassen sich die Steine leichter merken und beschreiben.

Verschwunden – gefunden

Die Steine werden auf einer Fläche von etwa 1 m^2 ausgebreitet. Alle Spieler sehen sich diese etwa 1 Minute an. Dann wenden sich alle bis auf einen Spieler ab und schließen ihre Augen. Der sehende Spieler wählt einen Stein aus und versteckt ihn. Die anderen Spieler wenden sich wieder den Steinen zu, öffnen ihre Augen und versuchen blitzschnell zu entdecken, welcher Stein fehlt. Wer es zuerst herausfindet, darf in der nächsten Runde einen Stein entfernen, nachdem der erste Stein wieder unter die anderen gemischt wurde.

Variante

Die Spielaufgabe wird schwieriger, wenn nach dem Entfernen des Steines auch die Lage der verbliebenen Steine im Spielfeld verändert wird.

ab 5 Jahren | ab 2 Spieler | 10–20 min

Material

Je Spieler 5 Steinchen

Ort

Überall, wo man Steinchen werfen kann

Dazu oder Buh

Ein Spieler wirft einen seiner Steine als Vorlage etwa 1–2 m entfernt auf den Boden. Der nächste Spieler versucht diesen Stein mit seinem zu treffen. Gelingt ihm das, bekommt er einen Stein des Spielers, dem der getroffene Stein gehört, andernfalls muss er einen Stein an den Werfer abgeben. Die Vorlage werfen die Spieler abwechselnd.

Auch bei mehreren Spielern bleibt das Grundprinzip bestehen: Ein Spieler wirft die Vorlage, der nächste versucht diese zu treffen. Wieder ein anderer Spieler wirft die Vorlage, der nächste versucht diese zu treffen ... Wer zuerst keine Steine mehr besitzt, hat verloren.

Spiele mit Drähten

Spiele mit Drähten

Einfacher Blumen-, Schweiß- oder Basteldraht findet sich in jedem Haushalt oder im Baumarkt und im Bastelladen. Mit einer Kombizange lassen sich die zum Spielen benötigten Drahtstücke abzwicken. Beim Spielen ist etwas Vorsicht geboten, damit man sich oder andere mit den Drähten nicht verletzt.

Tipp

Mit einer Flachzange kann man die Enden der Drahtstücke umbiegen und festdrücken. So verringert man das Verletzungsrisiko

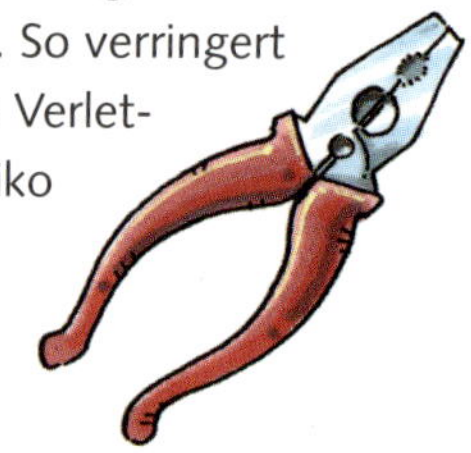

ab 6 Jahren | ab 2 Spieler | 10–20 min

Material

Je Spieler 2 Drähte, ca. 50 cm lang sowie je 6 Blätter, DIN A4

Drahtbalance

Jeder Spieler bekommt zwei gleich lange Drähte und schichtet jeweils drei Blätter aufeinander. Diese zwei Stapel werden nebeneinander entlang einer Startlinie abgelegt. Die Spieler vereinbaren die Laufstrecke, z. B. zu einem 4 m entfernten Zielpunkt. Nach dem Startsignal versucht jeder so schnell wie möglich mit seinen zwei Drähten alle sechs Blätter nacheinander, einzeln und ohne dass sie den Boden berühren, ins Ziel zu transportieren. Die Drähte dürfen dabei nicht verbogen werden, der Einsatz der Hände ist auch nicht gestattet – außer, um den Draht festzuhalten. Heruntergefallene Blätter dürfen an Ort und Stelle mit Hilfe des Drahtes wieder aufgenommen und weitertransportiert werden. Gewonnen hat, wer alle sechs Blätter zum Zielort gebracht hat.

Was ich sehe, biege ich

10–20 min | ab 1 Spieler | ab 8 Jahren

Material

Je Spieler mehrere Drähte, ca. 50 cm lang

Die Umgebung bietet genug Modelle für interessante Biegeaufgaben. Wer einen interessanten, „biegenswerten" Gegenstand entdeckt hat, versucht, diesen in seinen Umrissen nachzubiegen. Der Umriss darf natürlich vergrößert oder verkleinert werden. Die fertigen Drahtobjekte werden ausgelegt und begutachtet. Wer nun am schnellsten herausfindet, welcher die jeweiligen Originalvorlagen waren, bekommt für jedes richtig entdeckte Objekt einen Punkt.

Variante

Für Biegeprofis empfiehlt sich folgende Variante: Alle Spieler setzen sich so, dass sie das Profil eines anderen Spielers vor sich sehen können. Jeder Spieler versucht, das Profil des von ihm anvisierten Spielers nachzubiegen. Wer fertig ist, gibt sein gebogenes Drahtprofil dem Spielleiter, der es auf den Boden legt. Sind alle Profile dort ausgebreitet, kann ein schnelles Zuordnungsspiel aufzeigen, wie exakt die Abbilder sind.

Drahtarm

8–12 min | ab 2 Spieler | ab 6 Jahren

Material

Je Spieler 1 Drahtstück, ca. 50 cm lang, je Spieler gleich viele walnussgroße Gegenstände, z. B. Kugeln, Steinchen oder Nüsse

Jeder Spieler bekommt einen Draht und einige Gegenstände, die vor ihm liegen. Als Vorbereitung muss nun jeder das Ende des Drahtstücks zu einer kleinen Schlaufe biegen. Etwa 3–4 m entfernt wird ein gemeinsamer Zielpunkt festgelegt. Nach dem Startsignal soll jeder nur mit Hilfe des Drahtes die kleinen Gegenstände ins Ziel befördern. Die Gegenstände dürfen also nur mit dem Draht aufgenommen, transportiert und abgelegt werden.

ab 8 Jahren | ab 2 Spieler | 8–12 min

Material

Je Spieler 1 Draht, ca. 50 cm lang

Blindbieger

Es werden Paare gebildet. Ein Spieler denkt sich ein Objekt aus und beschreibt es dem anderen. Dieser versucht, mit geschlossenen Augen das beschriebene Objekt zu biegen, ohne zu wissen, welches Objekt sich der Spieler ausgedacht hat. Dabei geht es darum, möglichst exakt anzugeben, wie der Draht bearbeitet werden soll, zum Beispiel: „Biege den Draht zu einem Kreis, dann knicke den Draht an beiden Enden ab und forme zwei Schlaufen am oberen Ende des Kreises." Es ist also nicht erlaubt, zu sagen: „Biege einen Apfel!", sondern man muss den Biegevorgang möglichst genau beschreiben.

Variante 1

Der Spielleiter gibt die Anweisungen und alle Spieler biegen mit verbundenen Augen. Am Ende betrachten alle die einzelnen Werke und küren den besten „Blindbieger".

Variante 2

Jeder Spieler biegt für sich allein mit geschlossenen Augen ein selbst erdachtes Objekt. Dann öffnen alle die Augen, begutachten die Objekte der anderen Spieler und raten, um was es sich jeweils handelt.

Spiele mit Tüchern

Spiele mit Tüchern

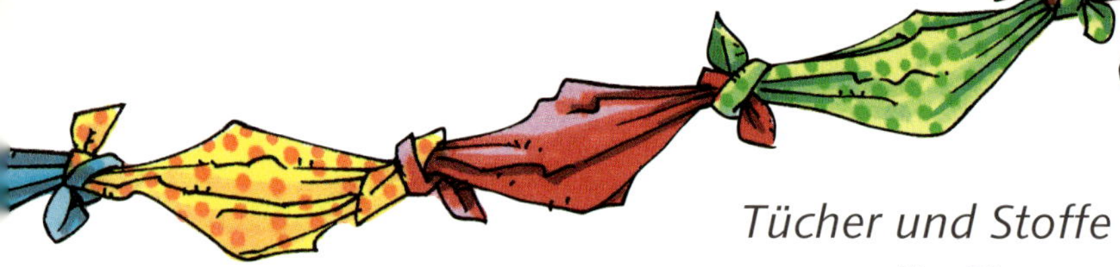

Tücher und Stoffe regen alle Sinne an. Es macht Spaß, dieses Material zu berühren, mit der Hand das Gewebe und die Struktur zu fühlen oder die weichen, fließenden und fallenden Eigenheiten zu erleben. Es gibt Tücher und Stoffe in allen Farben und Formen, man kann sie knüllen oder ausbreiten, werfen oder knoten usw. So entdeckt man schnell den Spaß mit Tüchern fröhliche Spiele auszuprobieren.

Tipp

Oft muss man die Stoffe nicht neu erwerben, sondern kann Tücher aus Haushalt oder Werkstatt benutzen, wie Handtücher, Laken oder Decken.

Betucht

ab 7 Jahren | ab 2 Spieler | 8–12 min

Material

Für die eine Hälfte der Spieler z. B. rote Tücher, für die andere z. B. blaue Tücher, ca. 40 x 40 cm

Es werden zwei Gruppen gebildet. Jede Gruppe bekommt Tücher in einer Farbe. Ein Spieler übernimmt die Spielleitung und ruft eine Farbe. Die nicht genannte Farbgruppe rennt weg, während die aufgerufene Gruppe versucht, ihre Tücher auf die anderen zu werfen, sodass sie von den Tüchern berührt werden. Die fliehenden Spieler versuchen, durch geschickte Bewegungen auszuweichen. Jeder „berührte" Spieler muss sich hinsetzen. Wenn die andere Gruppe komplett „betucht" wurde, endet die Spielrunde. In den einzelnen Spielrunden werden die Farben wechselnd aufgerufen.

Variante

Gefangene Spieler können von freien Spielern befreit werden, indem die „Freien" sie berühren.

Tuch-Hockey

10–15 min | ab 5 Spieler | ab 6 Jahren

Es werden zwei Gruppen, Team A und Team B, gebildet. Ein Spieler übernimmt die Spielleitung. Jeder Spieler erhält eine Nummer. Ein rechteckiges Spielfeld mit einer Mittellinie und einem darauf markierten Mittelpunkt sowie zwei Torlinien mit Toren werden bestimmt. Auf den Mittelpunkt legt man einen Luftballon und zwei mit je einem Knoten versehene Tücher. Beide Teams sitzen neben ihrem Tor. Es wird vereinbart, dass die Spielleitung zunächst die Zahl für das Team A und dann die Zahl für das Team B nennt und anschließend pfeift. Erst nach dem Pfiff dürfen die so aufgerufenen Spieler aufspringen, zur Mitte rasen, sich ein Tuch schnappen und mit diesem versuchen, den Ballon in das Tor der gegnerischen Gruppe zu schleudern. Hände und Füße dürfen den Ballon nicht berühren. Sobald der Ballon die Torlinie überfliegt bzw. überrollt – egal ob ins Tor oder daneben – endet für die beiden Spieler ihr Einsatz und sie nehmen wieder bei ihrem Team Platz. Ballon und Tücher werden wieder in die Mitte gelegt, das ggf. erzielte Tor notiert und die nächste Runde kann starten. Sobald eine Gruppe fünf Tore erzielen konnte oder nach 15 Min. endet das Spiel.

Material

2 Stühle als Tore, einige Luftballons, 2 in einer Ecke mit einem Knoten versehene Tücher, ca. 40 x 40 cm

Ort

Großer Raum oder ebene Spielfläche

Tipp

Wichtig ist, dass allen klar ist, für welche Gruppe die erstgenannte und für welche Gruppe die zweitgenannte Zahl gilt.

5–8 min | ab 4 Spieler | ab 6 Jahren

Material

Je Spieler 1 Tuch, ca. 40 x 40 cm

Variante

1 Tuch, ca. 250 x 400 cm

Knietuch

Eine bestimmte Laufstrecke mit Start- und Zielpunkt wird vereinbart. Jeder Spieler klemmt sich sein Tuch zwischen die Knie. Nach dem Startsignal bewegt sich in jeder Richtung Ziel und versucht, das Tuch nicht zu verlieren. Das Tuch darf natürlich nicht mit den Händen festgehalten werden. Wer das Tuch verliert, bleibt an Ort und Stelle stehen. Gewonnen hat, wer am weitesten kam oder das Ziel erreichte.

Variante 1

Man muss sich wieder zur Ausgangslinie zurückbewegen.

Variante 2

Statt der kleinen Tücher wird ein großes Tuch längs zusammengerollt. Alle Spieler stehen hintereinander in einer Reihe und jeder klemmt sich das Tuch zwischen die Knie. Eine vorher vereinbarte Strecke soll nun entlanggelaufen werden, ohne dass jemand das Tuch verliert oder mit den Händen berührt.

Variante 3

Für ein Wettspiel bildet man zwei Teams, die jeweils ein Tuch erhalten und es sich zwischen die Knie klemmen. Es gewinnt die Gruppe, die zuerst ins Ziel gelangt.

Tausendfüßers Taschentuch

5–8 min | ab 8 Spieler | ab 6 Jahren

Material

1 Tuch, ca. 40 x 40 cm

Hier ist Kooperation gefragt. Alle Spieler stellen sich hintereinander auf und fassen die vor ihnen stehende Person mit beiden Händen an der Hüfte. Der letzten Person, dem Hinterteil dieses Tausendfüßers, wird ein Tuch hinten in den Hosen- oder Rockbund gesteckt. Der erste Spieler ist die Nase des Insekts und will sich schnäuzen. Dazu versucht er, das Taschentuch am Ende zu erlangen. Das Taschentuch möchte allerdings möglichst sauber bleiben und versucht, der Nase auszuweichen. Alle Spieler der Gruppe bewegen sich dabei mit. Hat es die „Nase" dann doch geschafft, sich zu schnäuzen, wechselt sie nach hinten und der nun an der Spitze befindliche Spieler wird die neue Nase.

Variante

Etwas komplizierter wird es, wenn der Tausendfüßer seine Beine nur gleichzeitig – am besten nach Kommando – links und rechts versetzen kann. Das gibt die „Nase" jeweils lautstark an.

ab 6 Jahren | ab 6 Spieler | 5–8 min

Material

Je Spielpaar 1 Tuch, ca. 40 x 40 cm, 1 kleiner Ball

Schleuderlappen

Jedes Spielpaar hält das Tuch mit beiden Händen gespannt zwischen sich. Die Paare stellen sich so auf, dass eine Tuchgasse entsteht. Das erste Paar legt den Ball auf das Tuch. Der soll nun von Tuch zu Tuch wandern, ohne dass ihn jemand mit den Händen berührt. Anfangs wird er ganz vorsichtig von Tuch zu Tuch gekippt. Mit etwas Übung lässt er sich dann hochschleudern und vom nächsten Paar wieder nur mit dem Tuch auffangen. Hat das letzte Paar den Ball erhalten, ist das Spiel aus.

Variante

Kleinere Gegenstände aus Küche, Werkstatt oder Spielzimmer

Variante

In der nächsten Runde können auch andere Gegenstände, z. B. eine Feder, ein Küchensieb oder ein weiteres Tuch mit dem Wurftuch transportiert werden.

ab 6 Jahren | ab 4 Spieler | 10–20 min

Material

Je Spieler 1 großes Tuch

Fühl alle unterm Tuch

Ein Spieler entfernt sich von der Spielfläche, sodass er nicht sehen kann, was dort vor sich geht. Nun verstecken sich alle anderen Spieler unter ihrem Tuch, sodass nichts mehr von ihnen hervorschaut. Der abwesende Spieler wird gerufen und ertastet der Reihe nach die verdeckten Mitspieler. Bei jedem nennt er laut den Namen der Person, die er unter dem Tuch vermutet. Wenn alle benannt wurden, wird geprüft, wie oft der Rater richtig getippt hat. Dann kann sich der Nächste als „Richtigtaster" versuchen. Gewonnen hat, wer die meisten seiner Mitspieler erkennt.

Spiele mit Hölzern

Spiele mit Hölzern

Hölzer, also Holzscheite, Stöcke oder Stäbe, findet man an vielen Stellen: im Wald, als Kaminholz gehackt im Keller oder vor dem Haus, in der Abfallholzkiste von Tischlereien oder in Baumärkten. Man kann mit ihnen fantasievoll konstruieren und sie dienen als Material für witzige und anregende Spiele.
Die meisten dieser Spiele sind, wenn nicht anders erwähnt, nur im Freien spielbar.

Tipp

Bei allen Spielen: Vorsicht beim Werfen von Hölzern, damit niemand verletzt wird! Hölzer so auswählen, dass man sich keinen Splitter zuzieht. Gespielt werden kann überall dort, wo eine freie Fläche mit genügend Abstand zu zerbrechlichen Gegenständen, Scheiben oder Gebäuden zur Verfügung steht.

Holzwurf

ab 6 Jahren | ab 2 Spieler | 8–12 min

Material

Je Spieler 4 Holzscheite, je 30–40 cm; ggf. Maßband, 1 Bleistift

Zunächst werden eine Abwurflinie und in etwa 5 m Entfernung ein Zielkreis von etwa 1 m Durchmesser auf den Boden markiert. Auf die von der Abwurflinie aus gesehene hintere Zielkreislinie legt man einen großen Stein.
Die Spieler versuchen der Reihe nach ihre Hölzer so zu werfen, dass sie im Kreis liegen bleiben, ohne dabei den Stein zu berühren. Der Stein darf allerdings als „Blocker" getroffen und genutzt werden. Wessen Hölzer im Kreis ohne Steinberührung liegen, der erhält pro Holz einen Punkt. Außerhalb des Kreises liegende, die Kreislinie oder den Stein berührende Hölzer zählen nicht. Gewonnen hat, wer die meisten Punkte hat.

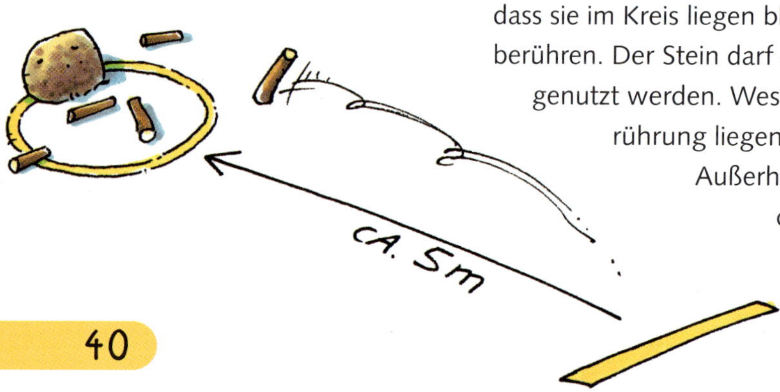

Fußholz

5–8 min | ab 2 Spieler | ab 7 Jahren

Material

Je Spieler 1 Holzscheit oder 1 kurzer Holzstab, ca. 30–40 cm lang; Bleistift, ggf. Maßband

Alle Spieler setzen sich auf eine markierte Grundlinie und legen ihr Holzstück vor sich auf den Boden. Mit dem Bleistift kennzeichnet jeder sein Holz.
Nun schleudern die Spieler ihr Holz mit beiden Füßen so weit wie möglich nach vorn. Wessen Holz am weitesten von der Grundlinie entfernt landet – man misst im 90°-Winkel zur Grundlinie –, ist der Gewinner.

Variante 1
Das Holzstück darf nur mit einem Fuß geschleudert werden.

Variante 2
Alle Spieler setzen sich mit dem Rücken zur Wurfrichtung, nehmen das Holz mit beiden Füßen oder mit nur einem Fuß und schleudern es über den Kopf nach hinten weg.

Paarhölzer

8–12 min | ab 2 Spieler | ab 6 Jahren

Material

Je Spieler 3 Holzscheite, ca. 30–40 cm lang; 1 großer Stein, Bleistift, ggf. Maßband

Die Spieler markieren eine Grund- und eine etwa 4 m entfernt verlaufende Ziellinie auf dem Boden. Jeder kennzeichnet mit dem Bleistift seine Holzscheite.
Von der Grundlinie aus werfen die Spieler abwechselnd ihre Hölzer hinter die Ziellinie. Gewonnen hat, bei wem zwei Hölzer am dichtesten nebeneinander liegen.

Variante 1
Kniffliger wird es, wenn die Hölzer parallel nebeneinander zu liegen kommen sollen. Wer es schafft, dass mindestens zwei seiner Scheite der Länge nach nebeneinander liegen, gewinnt.

Variante 2
Schwieriger wird es, wenn Hölzer, die einander berühren, zu Strafpunkten führen.

Material

10 Holzscheite oder -stöcke, ca. 40 cm lang

Tipp

Der Reiz dieses Spiels liegt darin, sich die Form vorzustellen und sie blind zu legen. Daher sollte kein Spieler während des Legens die Augen öffnen, um sich nicht selbst den Spaß zu nehmen.

Holzformen

Auf der Spielfläche werden die Hölzer ausgebreitet. Ein Spieler versucht mit geschlossenen Augen aus den herumliegenden Holzteilen eine Form zu bilden, die ein anderer Spieler ansagt, z. B. ein Quadrat, einen Kreis oder Stern.

Material

Je Spieler 2 Hölzer, Stöcke oder Scheite, ca. 40 cm lang

Treibholz

Es wird eine Treibstrecke vereinbart, die etwa 6 m lang und breit genug für alle Spieler ist. Auf einer Seite der Spielfläche wird die Start- und auf der gegenüberliegenden Seite die Ziellinie markiert. Alle Spieler erhalten zwei Hölzer und legen eines davon quer auf die Startlinie. Auf ein Startsignal treiben alle ihr liegendes Holz ausschließlich mit dem zweiten Holzstock zum Ziel. Wessen Holz zuerst die Ziellinie erreicht, ist Sieger.

Variante

Etwas schwieriger wird das Spiel, wenn die Treibstrecke Kurven oder Hindernisse aufweist. Das können z. B. kleine Rampen oder ein Stuhltunnel sein oder ein bestimmter Streckenabschnitt muss rückwärts gehend zurückgelegt werden. Dabei ist darauf zu achten, dass die Hindernisse für alle Spieler gleich sind.

Holzstapelturm

10–15 min | ab 2 Spieler | ab 6 Jahren

Material

Je Spieler 10 Holzscheite, ca. 40 cm lang

Jeder Spieler erhält zehn Holzscheite. Es wird ausgeknobelt, wer beginnt. Der Startspieler legt das erste Scheit auf den Boden. Jeder weitere Spieler muss ebenfalls ein Holzscheit ablegen, das sowohl das zuletzt abgelegte berührt als auch den Turm höher werden lässt. Bricht der Turm zusammen, muss der verursachende Spieler die herabgefallenen Holzscheite aufnehmen. Gewonnen hat, wer zuerst alle Holzscheite „verbaut" hat.

Fliegendes Feuerholz

8–15 min | ab 2 Spieler | ab 6 Jahren

Material

Je Spieler 6 Holzscheite oder -stäbe, ca. 40 cm lang; Markierungsgegenstände, Bleistift

Auf der Spielfläche wird eine etwa 1 m große, kreisförmige „Feuerstelle" markiert. Dort sollen die fliegenden Hölzer landen. Im Abstand von etwa 50 cm zum Feuerstellenkreis zieht man einen weiteren Kreis, den Schleuderkreis. Die Spieler erhalten je sechs Hölzer und markieren diese mit Bleistift.

Der erste Spieler legt ein Holz der Länge nach auf die Randlinie des Schleuderkreises. Quer dazu, im 90°-Winkel zur Kreislinie, legt er dann einen Stab auf das liegende Holz. Das auf dem Holz aufliegende Ende soll dem Kreis dabei näher sein, als das auf dem Boden liegende.

Mit einem weiteren Holzstab schlägt der Spieler nun geschickt auf das zum Kreis hin zeigende Ende des schräg aufgelegten Stabes und schleudert diesen damit in die „Feuerstelle". Gelingt das, bleibt das Holz liegen, gelingt es nicht, nimmt es der Spieler wieder an sich. Dann kommt der nächste Spieler an die Reihe. Gewonnen hat, wer die meisten Hölzer in den Feuerkreis schleudern konnte. Haben mehrere Spieler mit gleich vielen Hölzern getroffen, gewinnt, wessen Holz der Kreismitte am nächsten liegt.

ab 8 Jahren | ab 4 Spieler | 5–8 min

Material

Je Kleingruppe 10 Holzstöcke oder -scheite, ca. 40 cm lang

Holz-Nest

Zunächst werden gleichgroße Teams zu zwei bis vier Spielern gebildet. Jedes Team baut aus seinen Hölzern ein Nest, das möglichst so ineinander verkeilt ist, dass es sich transportieren lässt. Sind die Teams fertig, trägt nacheinander jedes Team sein Nest vom Bauort zu einem vereinbarten Ziel. Es ist nicht gestattet, das Nest nachzubessern. Jedes Holz, das zu Boden fällt, zählt als Minuspunkt. Es hat das Team gewonnen, welches die wenigsten Holzscheite verloren hat.

ab 8 Jahren | ab 2 Spieler | 5–8 min

Material

3 stabile Stöcke, ca. 1 m lang und ca. 3–4 cm Durchmesser

Ort

Überall, wo sich Stöcke in den Boden stecken lassen

Stockzug

Im Abstand von 2,5 m werden zwei Stöcke fest in den Boden gesteckt. Zwei Spieler stellen sich genau in der Mitte zwischen den Stöcken Rücken an Rücken auf. Den dritten Stock legen sie der Länge nach und genau mittig unter sich auf den Boden, sodass sie darüber stehen. Nach dem Anpfiff ergreifen die Spieler mit beiden Händen den Stock und versuchen, ihn so zu ziehen, dass sie damit den jeweils vor ihnen in der Erde steckenden Stock berühren. Wer das zuerst schafft, hat gewonnen.

Fallende Stöcke

8–12 min | ab 4 Spieler | ab 6 Jahren

Material

Je Spieler 1 Stock, ca. 1,5 m lang

Alle Spieler stellen sich mit ca. 2 m Abstand zueinander in einem Kreis auf. Dann stützt jeder seinen Stock auf dem Boden auf und hält ihn am oberen Ende mit einer Hand fest. Wenn der Spielleiter ruft: „Wir ziehen nach links!“, lassen alle ihren Stock los und rennen nach links, um dort den Stock ihres linken Nachbars zu erhaschen – bevor dieser umfällt. Bei entsprechendem Kommando wird nach rechts gelaufen. Wenn der Spielleiter ruft „Wir ziehen weiter“, wechseln alle Spieler kreuz und quer und versuchen, schnell einen Stock zu erreichen, bevor dieser umfällt. Wer keinen Stock erwischt, nimmt seinen Stock mit und scheidet aus. Gewonnen hat, wer am Ende den letzten Stock hält – er wird auch der neue Spielleiter.

Körperholz

15–20 min | ab 4 Spieler | ab 8 Jahren

Material

Je Spielerpaar 16 Hölzer, ca. 40 cm lang; einige Hindernisse, z. B. Holzhaufen, dicke Äste oder Stühle

Je zwei Spieler bilden ein Paar und bekommen zusammen 16 Hölzer. Nun wird eine kurvige oder mit kleinen Hindernissen versehene Laufstrecke abgesteckt, auf der man z. B. über einen kleinen Holzhaufen steigen kann, auf einem Stamm entlangbalancieren oder über einen Baumstamm springen muss. Nach dem Startsignal versucht jedes Team so viele Hölzer wie möglich an und zwischen sich unterzubringen und diese entlang der Strecke zu transportieren. Dabei dürfen sie aber während des Transports der Holzstücke ihre Hände nicht benutzen! Gewonnen hat das Team, das die meisten Hölzer ins Ziel bringt.

ab 7 Jahren | ab 3 Spieler | 5–10 min

Material

Je Spieler 4 Holzscheite, ca. 40 cm lang

Holz-Fuß-Pyramide

Die Spieler setzen sich mit etwas Abstand zueinander kreisförmig auf den Boden und legen ihre Holzscheite neben sich. Gemeinsam sollen sie nun eine große, mehrstöckige Pyramide bauen – aber nur mit Hilfe ihrer Füße!

ab 5 Jahren | ab 5 Spieler | 10–20 min

Material

1 Holzscheit

Scheit-Kreis

Alle Spieler stellen sich so auf, dass sie einen Kreis bilden, jedoch jeder Spieler nach außen blickt. Einer der Spieler nimmt das Holzscheit und läuft innerhalb des Kreises nahe an den Rücken der Spieler entlang. Hinter einem beliebigen Spieler lässt er das Holzscheit fallen. Dieser dreht sich blitzschnell um, schnappt sich das Holz und verfolgt den Spieler, der das Scheit fallen ließ. Der begibt sich sofort außerhalb des Kreises und umrundet einmal im Uhrzeigersinn den Kreis außen herum. Dabei versucht, er den bisherigen Platz seines Verfolgers zu erreichen. Gelingt ihm das, darf er dort stehen bleiben. Sein Verfolger muss dann als nächster aktiver Scheit-Träger im Kreis herum gehen, das Scheit fallen lassen usw.

Wird der Flüchtende allerdings von seinem Verfolger geschnappt, bevor der den Kreis einmal umrundet hat, muss er einen weiteren Versuch unternehmen, das Scheit loszuwerden. Der Verfolger stellt sich an seinen alten Platz. Das Spiel endet nach einigen Runden oder wenn die Spieler keine Lust mehr haben.

Spiele mit Papier und Pappe

Spiele mit Papier und Pappe

Alte Zeitungen, Papier, Pappe und Kartons sind ein wunderbares Spielmaterial. Es ist auch unterwegs und auf Reisen jederzeit zur Hand. Wer zu wenig davon hat, sucht am besten einen Altpapiercontainer oder einen Supermarkt auf. Dort findet sich das Spielmittel kostenlos und in ausreichender Menge. Die meisten Spiele in diesem Kapitel sind drinnen und draußen spielbar. Und schon kann es losgehen …

ab 6 Jahren | ab 2 Spieler | 2–3 min

Material

Je Spieler ca. 6 Schuhkartons und 1 zusammengerollte Zeitung

Hochstapler

Alle Kartons werden auf einen großen Haufen gelegt. Jeder Spieler soll in ca. 1 m Entfernung zum Haufen einen Turm aus den Kartons bauen. Dafür ist 2 Minuten Zeit.
Mit einer zusammengerollten Zeitungspatsche darf aber jeder Spieler die Türme der anderen Spieler zum Einsturz bringen, indem er sie damit umstößt. Die Angriffe der anderen darf man mit der Zeitungspatsche auch abwehren. Wessen Turm nach der vereinbarten Zeit der höchste ist, gewinnt.

Variante

Es können auch 2 Teams gegeneinander antreten.

Echt heiß

8–12 min | ab 4 Spieler | ab 8 Jahren

Material

Je Spieler 1 Bogen starkes, DIN A3 großes Papier

Ein etwa 5 x 5 m großes, gefährlich „heißes“ Gebiet wird als Spielfläche vereinbart und soll überquert werden. Zwei Spieler bilden ein Team und erhalten zwei Papierbogen als „feuerfeste Platten“. Sie sollen versuchen, gemeinsam das Ziel zu erreichen, ohne den heißen Boden direkt zu berühren.
Dazu dürfen sie nie den Körperkontakt zueinander verlieren. Dieser Kontakt kann beliebig sein, also an Händen, Armen, Beinen oder Rücken. Das einzige Hilfsmittel um voranzukommen sind die Platten, die ebenfalls ständig berührt werden müssen, also z. B. mit einer Hand, die erst dann weggenommen werden darf, wenn die Platte wieder mit Knie oder Fuß von einem der beiden Spieler berührt wird. Gewonnen hat das Team, das zuerst das heiße Gebiet überquert hat.

Wunderröhre

10–20 min | ab 2 Spieler | ab 4 Jahren

Material

Papprollen von Toiletten- oder Küchenpapier, evtl. Schere, Kreppklebeband, Papier und Farbstifte zur Gestaltung der Wunderröhre

Jeder Spieler bastelt eine „Wunderröhre“. Damit untersuchen alle Spieler etwa 5 Minuten ihre Umgebung, indem sie ausschließlich durch die Röhre blicken. Durch den eingeschränkten Blickwinkel sind zwar manche Dinge nicht zu erkennen, vieles wird aber bewusster und genauer gesehen, da nichts stört.
Nach Ablauf der vereinbarten Zeit kommen alle zusammen.
Ein Spieler beschreibt, was er gesehen hat, dabei schließen die anderen Spieler ihre Augen. Der Erzähler sollte darauf achten, den Gegenstand oder die Stelle nicht allzu genau zu benennen. Denn die anderen Spieler sollen nach der Erzählung die Stelle finden, die der Erzähler gesehen hat. Dann ist der Nächste an der Reihe.

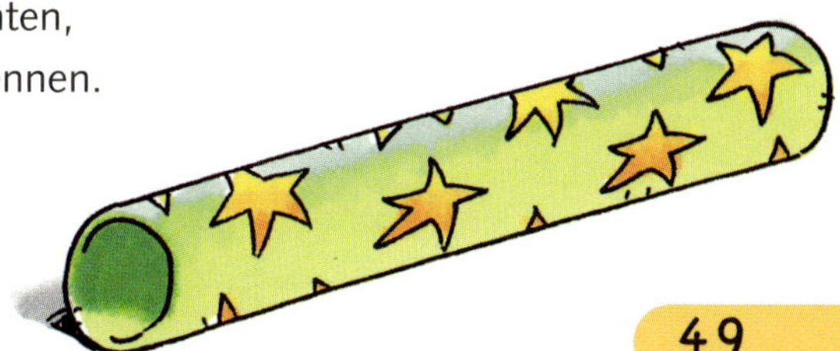

ab 7 Jahren | ab 2 Spieler | 15–20 min

Material

Viele Zeitungen

Gut behütet

Jeder Spieler erhält viel Zeitungspapier und nach einem Startsignal faltet jeder so viele Papierhüte, wie er glaubt, aufeinander auf seinen Kopf setzen und damit herumgehen zu können. Wenn alle Spieler genügend Hüte gefaltet haben, heißt es, Balancevermögen zu beweisen. Der Reihe nach setzen sich die Spieler ihre Hüte auf und gehen damit herum. Hüte, die jemand verliert, werden als Minuspunkte gezählt. Wer die meisten Hüte abzüglich eventueller „Minus-Hüte“ herumtragen konnte, hat gewonnen.

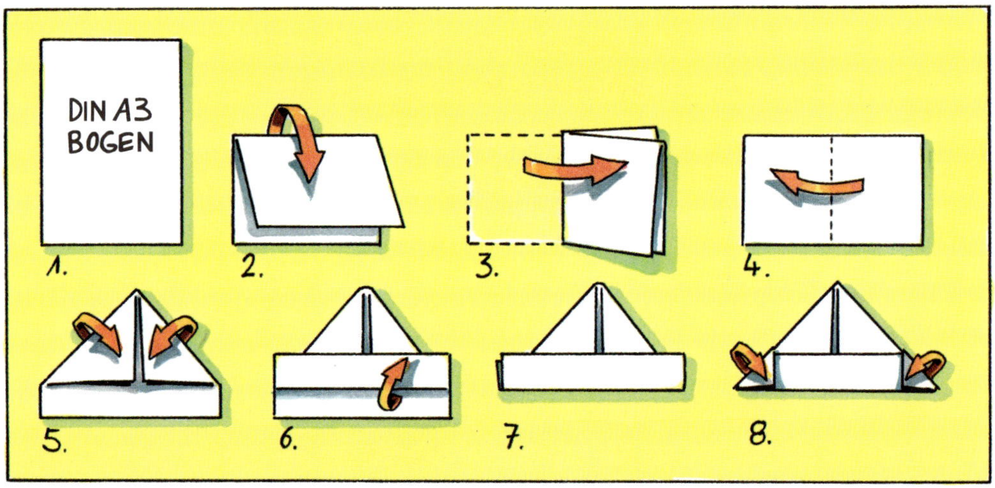

ab 7 Jahren | ab 2 Spieler | 5–8 min

Material

1 Tageszeitung

Mini-Zeitung

Jeder Spieler bekommt einen gleich großen Bogen einer Tageszeitung.

Nach dem Startsignal soll diese Seite innerhalb einer Minute so klein wie möglich zusammengefaltet werden. Wer nach Ablauf der Zeit die kleinste Zeitung hat, gewinnt.

Das stand in der Zeitung

20–30 min | ab 4 Spieler | ab 8 Jahren

Material

Mehrere Tageszeitungen, Papier und Stifte, Klebstift

Die Spieler teilen sich in zwei Redaktionsteams auf. Jedes Team soll innerhalb einer Viertelstunde eine verrückte, witzige Geschichte austüfteln. Dazu dürfen nur Textteile aus der vorliegenden Tageszeitung ausgeschnitten und aufgeklebt werden. Man darf nie mehr als höchstens zwei zusammenhängende Sätze aus einem Abschnitt eines Artikels verwenden. Nach der abgelaufenen Zeit lesen sich die Teams gegenseitig die neuen Geschichten vor.

Variante

Es kann auch ein Thema vorgegeben werden, wie z. B. ein herzzerreißender Liebesbrief oder eine Sportreportage.

Pressekollektion

20–30 min | ab 4 Spieler | ab 7 Jahren

Material

Mehrere Tageszeitungen, Klebeband

Bei diesem Spiel können die Spieler ihren Modefantasien freien Lauf lassen! Jeweils zwei oder drei Spieler bilden ein Kreationsteam und gestalten – am besten am lebenden Modell – verschiedene Kleidungsstücke aus den Zeitungen. Dabei kann geklebt oder geheftet werden. Zur Erleichterung kann man ein Thema wählen, zu welchem entworfen und gestaltet wird, z. B. „Mode für die Zukunft“, „Tolle Trachten“, „Sinnvolle Arbeitskleidung“ oder „Der Partyhit“. Nach etwa 20 Minuten findet die große Modenschau auf dem schnell errichteten Laufsteg statt. Jedes Team stellt seine Entwürfe den anderen vor.

ab 4 Jahren · ab 2 Spieler · 15–30 min

Material

Mehrere bunte Illustrierte mit vielen Bildern

Höre, schau und hau

Gemeinsam wird eine Geschichte erzählt, die sich aus eigenen Gedanken und Bildern aus den Illustrierten zusammensetzt. Wer zuerst eine Idee hat, erzählt einen oder zwei Sätze einer Geschichte, z. B.: „Es war einmal ein Mann, der hatte nur eine Badehose an …" Alle blättern gleichzeitig in den Illustrierten und sobald jemand in der Zeitung eine Badehose entdeckt, haut er mit der Hand auf das Bild und ruft „Badehose". Stimmt das Wort mit der Geschichte und dem Bild überein, so darf dieser Spieler die Geschichte weitererzählen. Auch der Ruf „Mann" wäre richtig, wenn auf dem ausgewählten Foto ein Mann zu sehen ist.

ab 8 Jahren · ab 4 Spieler · 20–30 min

Material

Tageszeitungen, Leine, Wäscheklammern

Ort

Überall, wo man für jeden Spieler eine Leine straff aufspannen kann

Presse-Wäsche

Jeder Spieler reißt aus den Seiten einer Tageszeitung folgende Kleidungsstücke heraus: Socken, Unterhose, Unterhemd, Hemd oder Bluse, Hose oder Rock, Brille, Hut. Dann spannt jeder ein Stück Leine und legt davor in beliebiger Reihenfolge die gerissenen Wäschestücke. Sind alle fertig, kann das eigentliche Spiel beginnen.
Nach dem Startsignal sausen alle Spieler umher und holen sich in der vorgegebenen Reihenfolge einzeln und nacheinander die erforderlichen Wäschestücke bei den anderen Mitspielern.
Die gewünschte Reihenfolge von links nach rechts ist: Socken, Unterhose, Unterhemd, Hemd oder Bluse, Hose oder Rock, Brille und Hut. Diese Reihenfolge müssen sich alle Spieler merken.
Es müssen nicht alle Wäschestücke beim gleichen Mitspieler geschnappt werden. Wichtig ist jedoch, dass es so vorsichtig geschieht, dass nichts zerreißt. Wer ein Teil geholt hat, hängt es mit einer Klammer auf seine Leine.
Wer als Erster die komplette Garnitur aufgehängt hat, ruft laut „Fertig!" und ist Sieger, sofern er nichts vergessen oder in falscher Reihenfolge aufgehängt hat.

Nachrichtenbalance

Material

Einige Tageszeitungen, deren Seiten aus dem Verbund gelöst und gefaltet wurden

Eine Start- und eine Ziellinie werden festgelegt. Jeder Spieler nimmt sich acht einzeln zusammengefaltete Bögen Zeitungspapier und stapelt diese auf seinem Kopf. Bei verschiedenen Spielrunden können auch mehr Blätter genommen werden. Nach dem Startsignal laufen alle Spieler los, ohne die Zeitungen auf dem Kopf mit den Händen festzuhalten, und versuchen als Erster die Ziellinie zu überschreiten. Unterwegs verlorene Blätter müssen wieder aufgelegt werden, bevor der betreffende Spieler weitergehen darf.
Wer mit allen Zeitungsseiten das Ziel erreicht hat, geht nun die gleiche Strecke rückwärts zum Ausgangspunkt zurück. Sobald ein Spieler mit allen Zeitungsblättern auf dem Kopf die ursprüngliche Startlinie überschreitet, ist er Sieger.

Nachrichtensauger

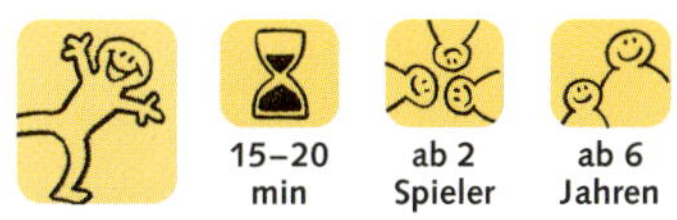

Material

Je Spieler eine halbe, in 10 ca. spielkartengroße Teile zerschnittene Zeitungsseite, je 1 dicker Trinkhalm

Die Spielfläche wird mit Start und Ziel festgelegt. An dem gemeinsamen Startplatz breitet jeder seine zehn Teile einer Zeitungsseite aus. Nach dem Startsignal saugen alle ihre Zettel mit dem Trinkhalm an, laufen damit auf die gegenüberliegende Spielfeldseite und legen dort die Papierchen ab. Das geschieht alles, ohne die Hände zu benutzen! Dann geht es schnell zurück, bis alle Zettelchen geholt sind. Sobald ein Spieler alle Papiere im Ziel hat, muss er die Zettel mit Hilfe des Saughalms noch richtig „zusammenpuzzeln“. Erst wer auch damit fertig ist, kann sich als „Schnellster Reporter und Nachrichtensauger“ feiern lassen.

ab 9 Jahren | ab 2 Spieler | 10–20 min

Material

Tageszeitung, Stifte und Notizblätter

Nachrichten-Labyrinth

Jeder Spieler bekommt eine große Doppelseite einer Tageszeitung, einen Stift und ein Notizblatt, das er mit dem eigenen Namen kennzeichnet. Zunächst geheim notieren sich alle Spieler 12 Wörter von ihrer Zeitungsseite. Die Wörter sollten quer über die ganze Seite verteilt sein. Zu beachten ist aber, dass jedes neue Wort hinter oder unter dem vorherigen Wort abgedruckt sein muss! Sobald jeder 12 Labyrinthwörter beisammen hat, werden die Wörterliste und die entsprechenden Zeitungsseiten untereinander getauscht. Alle versuchen nun, möglichst schnell die Wörter in der angegebenen Reihenfolge auf der jeweiligen Zeitungsseite zu entdecken, mit ihrem Stift zu umkreisen und zu verbinden. Wer zuerst fertig ist, ruft „Ich hab's" und hat gewonnen.

ab 9 Jahren | ab 2 Spieler | 20–30 min

Material

Je Spieler 1 Exemplar derselben Zeitung, Notizzettel und Stifte

Fragen

In welchem Kino läuft der Film xy? Wer ist der neue Bürgermeister? Wie spielte der lokale Fußballverein?

Neues vom schnellsten Reporter

Die Spieler legen alle vor sich ihre Zeitung aus und blättern diese aufmerksam durch. Unauffällig notiert jeder drei Fragen, die man nur mit Kenntnis der Zeitung beantworten kann, auf den Notizzetteln. Je Frage sollte ein Zettel verwendet werden. Sind die Fragen aufgeschrieben, werden die Notizzettel mit der Schrift nach unten gemischt und dann untereinander ausgetauscht, sodass niemand eine eigene Frage vor sich hat. Dann durchsuchen alle ihre Zeitung und versuchen, so schnell wie möglich die Antworten zu notieren. Wer zuerst alle drei Antworten zu haben glaubt, ruft „Neueste Nachrichten" und niemand darf weiterblättern oder -schreiben. Der schnellste Reporter liest eine Frage und die Antwort vor. Stimmt die Antwort, gibt es einen Pluspunkt. Stimmt eine Antwort nicht, dürfen sofort alle weitersuchen oder -schreiben, bis sich wieder ein Reporter mit einer Antwort zu Wort meldet. Der schnellste Zeitungsreporter ist der mit den meisten Punkten am Ende des Spiels.

Spiele mit Münzen oder Deckeln

Spiele mit Münzen oder Deckeln

Tipp

Man kann vielerlei Deckel und Verschlüsse verwenden. Besonders geeignet sind Milch- oder Ketschupflaschenverschlüsse. Man kann auch mit Scheiben spielen. Diese erhält man leicht, indem man einen Besenstiel zersägt.

Münzen oder Deckel sind jederzeit verfügbar und fordern geradezu zum Spielen auf. Die nachfolgenden Spielvorschläge regen zu vielfältigen Geschicklichkeitsspielen an. Wer erst einmal einige Spiele ausprobiert hat, kommt bestimmt auch selbst auf viele eigene Spielideen. Sofern nicht anders angegeben, sind alle Spiele am Tisch spielbar.

ab 5 Jahren | ab 3 Spieler | 10–20 min

Material

Mehrere gleichartige Gefäße (z. B. Dosen), Papier zur Abdeckung der Gefäße, unterschiedlich schwere Scheiben, Münzen oder Knöpfe; eine grammgenaue Brief- oder Küchenwaage

Tipp

Je nach Gruppen können alle die Aufgabe gemeinsam oder nacheinander lösen. In letzterem Fall verlassen die anderen den Raum, bis sie an der Reihe sind.

Die Schwerste am Schluss

Mehrere Gefäße werden von einem Spieler geheim mit unterschiedlich vielen Münzen befüllt. Damit niemand etwas sieht, wird das Gefäß verschlossen. Die Spieler sollen nun durch „wiegen" in der Hand die Gefäße in einer Reihenfolge von leicht bis schwer ordnen. Dies wird mit der Küchenwaage überprüft. Gewonnen hat, wer die Reihenfolge fehlerfrei aufstellt.

Stapelscheiben

15–20 min · ab 1 Spieler · ab 5 Jahren

Material

Ca. 30–40 Scheiben oder Deckel (z. B. Bierdeckel), 1 Flasche

Variante

1, z. B. durch Farbe, deutlich unterscheidbare Scheibe

Alle Scheiben werden an die Spieler verteilt, die sie vor sich auf den Tisch legen. In die Tischmitte stellt man die Flasche, auf deren Hals nun die Spieler der Reihe nach die Scheiben stapeln. Ein Spieler beginnt und legt die ersten beiden Scheiben auf. Dann folgt der nächste Spieler usw. Jeder Spieler darf zwei Scheiben ablegen. Sobald jemand etwas auflegt und dadurch eine oder mehrere Scheiben herunterfallen, muss dieser Spieler die herabgefallenen Scheiben an sich nehmen und der Nächste kommt an die Reihe. Sieger ist, wer als Erster alle seine Scheiben auf der Flasche gestapelt hat.

Variante

Hier wird vorher vereinbart, wie viele „Ebenen" gestapelt werden sollen. Damit ist gemeint, dass ab einer Höhe von z. B. sechs Scheiben nur noch seitwärts weitergebaut werden darf, indem man seine Scheiben geschickt zwischen andere schiebt oder einklemmt. Die entsprechende Schicht markiert man mit einer besonders auffällig markierten Scheibe.

Blinder Bankier

10–20 min · ab 3 Spieler · ab 9 Jahren

Material

Viele bekannte Münzen in unterschiedlichen Werten, 1 lichtundurchlässiges Säckchen (z. B. zusammengebundenes Geschirrtuch), Stifte und Papier

Alle Spieler nehmen sich Notizpapier und einen Stift. Ein Spieler füllt von den anderen Spielern unbeobachtet den Beutel mit einer beliebigen Auswahl und Anzahl der Münzen. Diesen Beutel bekommt der erste Spieler. Er greift hinein und versucht, nur durch Ertasten festzustellen, wie viel Geld sich in dem Beutel befindet. Ist er sich sicher, gibt er den Geldsack an den nächsten Spieler weiter und notiert sich geheim den ertasteten Betrag.
Gewonnen hat, wer den Betrag am genauesten notiert hat.

Deckeldreher

ab 6 Jahren | ab 1 Spieler | 10–20 min

Material

Je Spieler ca. 10 Deckel oder Scheiben

Jeder Spieler erhält die gleiche Anzahl Deckel. Nach dem Startsignal versucht jeder zunächst vier Deckel geschickt in eine Trudelbewegung zu bringen. Wer das zuerst schafft, ruft laut „Tralala" – und hat gewonnen. In jeder Spielrunde wird die Anzahl der in Bewegung zu bringenden Scheiben gesteigert, bis jemand es schafft, alle zehn Scheiben gleichzeitig in Bewegung zu halten. Vielleicht gibt es geschickte Deckeldreher, die sogar noch mehr schaffen …

Scheibenroller

ab 6 Jahren | ab 2 Spieler | 10–20 min

Material

Je Spieler 5 Deckel oder Scheiben, 1 Brettchen oder starke Pappe, 1 Buch

Mit dem Brettchen, das auf einer Buchkante aufgelegt wird, baut man eine schiefe Ebene. Jeder Spieler bekommt die gleiche Anzahl Scheiben. Jeder Spieler darf eine Scheibe die Schräge hinunterrollen lassen. Dann folgt der nächste. Dort wo die Scheibe hinrollt, lässt man sie liegen. Berührt die Scheibe eines Spielers eine andere Scheibe, so darf der, dessen Scheibe berührt wurde, diese und die soeben gerollte Scheibe an sich nehmen. Das Spiel geht so lange, bis ein Spieler keine Scheibe mehr hat. Gewonnen hat, wer zum Schluss noch die meisten Scheiben besitzt.

Mini-Shuffleboard

Der erste Spieler legt eine seiner Scheiben auf die Grundlinie und schubst sie mit einem gezielten Stoß des Stöckchens in Richtung der Zahlenfelder. Dann kann der nächste Spieler eine Scheibe schubsen. Wenn beide ihre Scheiben verbraucht haben, werden die Punkte zusammengezählt und notiert. Es zählen nur die Scheiben, die in vollem Umfang innerhalb eines Zahlenfeldes liegen. Schon geht es in die nächste Runde. Wer am Ende einer vorher vereinbarten Rundenzahl die meisten Punkte erreichen konnte, ist Sieger.

Material

Je Spieler 1 kleines Stöckchen, 4 rote und 4 blaue Scheiben oder Deckel, ein auf Pappe gemaltes Spielfeld (siehe Tipp und Abbildung)

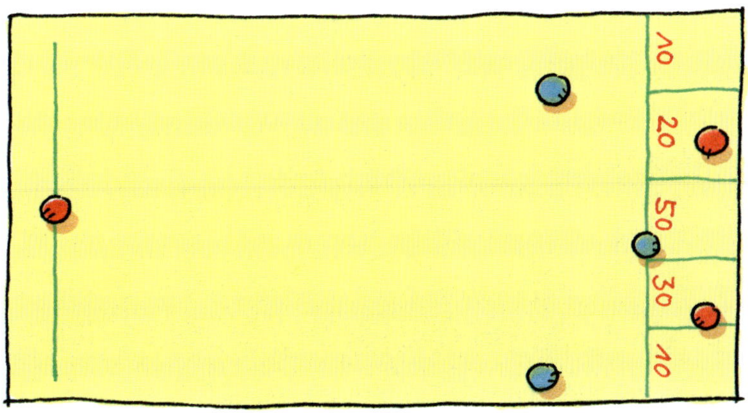

Tipp 1

Das Spielfeld ist ca. 35 x 50 cm groß. An einer Schmalseite liegen fünf mit den Punktwerten 10, 10, 20, 30 und 50 versehene, spielkartengroße Flächen. Auf der gegenüberliegenden Seite wird die Grundlinie aufgezeichnet.

Tipp 2

Statt mit dem Stöckchen kann man die Scheiben auch mit dem Zeigefinger schnipsen.

Variante

Hier wird auf der Pappe ein Dreieck aufgemalt, das in fünf gleich breite Querstreifen unterteilt wird. Dann werden ausgehend von einer Kante in gleichem Abstand drei Linien vertikal eingezeichnet. In die entstehenden Felder schreibt man verteilt die Punktwerte 10, 10, 10, 20, 20, 30, 35, 50. Einige Felder bleiben frei. Aus etwa 1,5 m Entfernung werfen nun die Spieler abwechselnd ihre Scheiben auf das Spielfeld und versuchen – wie im Grundspiel – ein Feld mit einer möglichst hohen Punktzahl zu treffen. Am Ende werden die Punktzahlen der Scheiben, die vollständig in einem Punktfeld liegen, gutgeschrieben. Auch hier finden mehrere Runden statt, bis ein Sieger ermittelt ist.

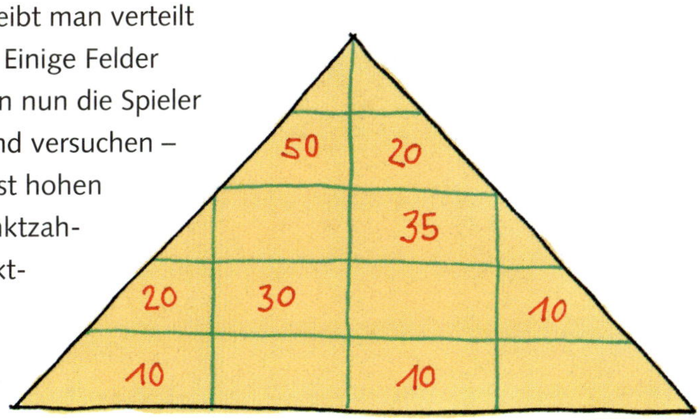

ab 5 Jahren | ab 2 Spieler | 10–20 min

Material

12 Deckel, 1 Pappe, DIN A3 groß

Deckel-Tablett

Auf die Pappe werden alle Deckel in einer Ausrichtung, z. B. mit sichtbarer Oberseite, verteilt. Der erste Spieler hält die Pappe mit beiden Händen an den Rändern und versucht die Scheiben so hoch zu schleudern, dass alle Scheiben in der Luft waren und er sie dennoch alle wieder auffangen kann. Nur die aufgefangenen Deckel zählen als Punkte. Dann kommt der nächste Spieler an die Reihe, verteilt alle Deckel auf der Pappe, schleudert sie hoch und versucht, möglichst alle aufzufangen. Wer die meisten Deckel auffing, hat gewonnen.

Variante

Schwieriger wird das Spiel, wenn die Deckel nicht nur aufgefangen werden, sondern auch noch alle in umgedrehter Richtung zu liegen kommen sollen. Dazu ist es erlaubt, die Pappe auch nur ganz leicht zu bewegen, sodass sich einzelne Scheiben umdrehen. Wichtig ist, dass stets beide Hände die Pappe halten.

ab 8 Jahren | ab 2 Spieler | 10–20 min

Material

Je Spieler 6 Kronkorken, 1 großer Flaschenkorken oder -deckel

Randeckeln

Eine ca. 3 x 3 m große Spielfläche wird markiert. Jeder Spieler bekommt 6 Kronkorken. Ein Spieler wirft den großen Flaschenkorken in das Feld. Der Reihe nach versucht jeder Spieler von der Randlinie aus mit einem gezielten Kronkorkenwurf den Flaschenkorken zu treffen. Trifft niemand den Korken, darf in der nächsten Runde jeder seinen bereits geworfenen Kronkorken aus dessen augenblicklicher Lage in Richtung Flaschenkorken werfen. Wem es zuerst gelingt, den Zielkorken zu treffen, bekommt von jedem Mitspieler einen Kronkorken als Siegpunkt.

In der nächsten Runde nehmen alle Spieler ihre Wurfkronkorken wieder auf und ein anderer Spieler wirft den Flaschenkorken. Wieder können alle ihr Wurfglück versuchen. Sobald ein Spieler keinen Wurfkorken mehr hat, endet das Spiel. Gewonnen hat der Spieler mit den meisten Kronkorken.

Die kleinen Kolibris

15–25 min | ab 2 Spieler | ab 4 Jahren

Material

Je Spieler 10 farbige Papp- oder Holzscheiben (ca. 5-Cent-groß und 2–3 mm stark), entsprechend farbige Papierstreifen (2 cm breit und 22 cm lang), die man an den Schmalseiten zu einem Ring zusammenheftet.

Alle Scheiben, die Kolibris, werden bereitgelegt. Jeder Spieler entscheidet sich für eine Spielfarbe und legt den dazu passenden farbigen Papierring als Nektarschälchen vor sich hin. Wer die bunteste Kleidung trägt, beginnt und nimmt einen, zwei oder drei Kolibris der eigenen Farbe und genauso viele andersfarbige Scheiben in die Hand. Der aktive Spieler hat also immer vier Farben in der Hand und von jeder Farbe die gleiche Anzahl Scheiben. (Sind von einer der Farben nicht mehr genug Kolibris vorhanden, muss er auch die Anzahl der eigenen Scheiben so reduzieren, dass er von jeder Farbe gleich viele Scheiben aufnehmen kann.)

Die ausgewählten Kolibris wirft er mit der offenen Hand leicht in die Luft, dreht blitzschnell die Hand um und versucht möglichst viele Scheiben der eigenen Farbe mit dem Handrücken aufzufangen. Die aufgefangenen Kolibris der eigenen Farbe lässt er nun geschickt durch die Finger in das vor sich liegende Nektarschälchen, also den Papierring, gleiten. Sind keine eigenen Kolibris auf dem Handrücken gelandet, kann er auch keine in sein Nektarschälchen bringen. Kolibris, die danebengefallen sind, werden wieder zu den anderen in die Tischmitte gelegt.
Rutscht ein Kolibri einer anderen Farbe in das eigene Schälchen, muss dieses und zusätzlich ein eigenes herausgenommen und wieder zu den anderen gelegt werden. Kolibris, die zufällig in ein farblich passendes Schälchen fallen, können dort verbleiben.
Sobald ein Spieler alle zehn eigenen Kolibris in seinem Nektarschälchen versammeln konnte, kann er sich über seine bunten Vögel freuen und ist zudem Gewinner des flinken Geschicklichkeitsspiels.

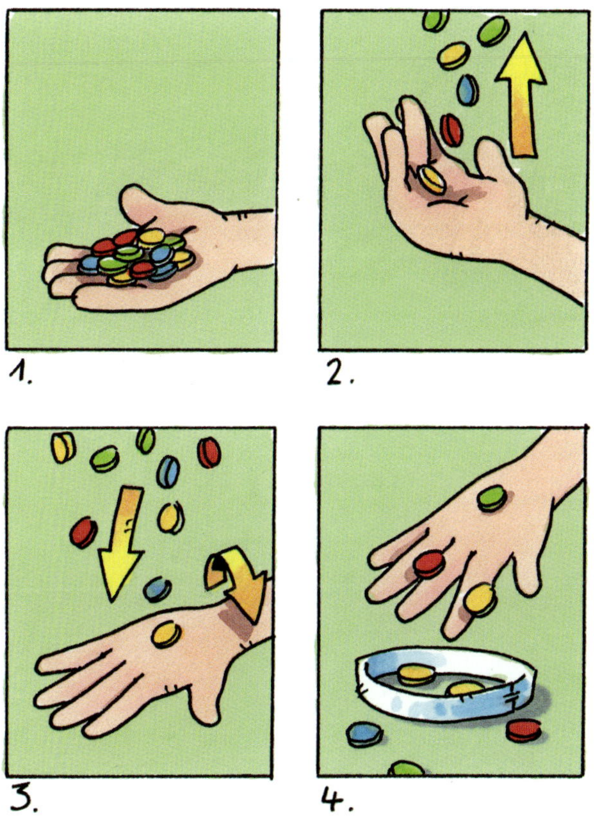

Mit diesem Register finden Sie schnell das passende Spiel.
Beachten Sie auch die besonders ausgewiesenen Förderbereiche.

Spieltitel	Mindest-anzahl	Dauer	Mindest-alter	Leiter	Förderbereiche	Seite
Spiele mit Seilen						
Knieseilen	5	8–12	4		Körperkoordination	10
Seil-Schwupps	4	5–8	5		Körperkoodination, Reaktionsvermögen	11
Seil gespannt, treff die Hand	4	5–10	4		Reaktionsvermögen	11
Seil-Zug	5	10–20	5		Reaktionsvermögen	12
Flaschengeist	2	5–8	4		Körperkoordination	12
Spannungsseil	8	5–10	8	x	Gleichgewichtsempfinden, Konzentration, Vertrauen	13
Seilführung	4	10–15	4		Vertrauen, Raumwahrnehmung, Konzentration	13
Doppelseilen	4	8–12	4		Geschicklichkeit, Konzentration,	14
Kreisseilwerfen	5	8–12	4		Konzentration, Motorik	14
Von Hand zu Hand	5	5–10	4		Visuelle Wahrnehmung, Konzentration, Reaktionsvermögen	15
Stuhlseilen	6	10–12	4		Geschicklichkeit, Motorik, Reaktionsvermögen	15
Halsseilen	4	5–8	6	x	Motorik, Körperkoordination, Reaktionsvermögen	16
Verseilen	2	8–12	7		Feinmotorik, Geschicklichkeit	16
Spiele mit Steinen						
Goldsieber	2	8–12	6		Feinmotorik, Gleichgewichtsempfinden, Konzentration	18
Silber und Gold	3	8–12	5	x	Körpergefühl, Tastsinn, Raumempfinden	19
Schotter abschätzen	2	5	8		Übersicht, Vorstellungskraft, Einschätzvermögen	19
Steinruine	1	8–12	4		Gleichgewichtsempfinden, Geschicklichkeit, Kraftempfinden	20
Versteckt und wieder entdeckt	2	10–15	4		Übersicht, Visuelle Wahrnehmung	20
Zu Fuß über den großen Fluss	4	10–15	6	x	Motorik, Kooperation	21
Alles oder nichts	2	10–20	6		Kraftempfinden, Geschicklichkeit,	21
Verschwunden – gefunden	2	5–8	4		Visuelle Wahrnehmung, Merkfähigkeit, Übersicht	22
Dazu oder Buh	2	10–20	5		Kraftempfinden, Geschicklichkeit	22
Spiele mit Drähten						
Drahtbalance	2	5–8	6		Gleichgewichtsempfinden, Geschicklichkeit, Körperkoordination	24
Was ich sehe, biege ich	1	10–20	8		Vorstellungskraft, Geschicklichkeit,	25

Spieltitel	Mindest-anzahl	Dauer	Mindest-alter	Leiter	Förderbereiche	Seite
Drahtarm	2	8–12	6		Kraftempfinden, Geschicklichkeit, Gleichgewichtsempfinden	25
Eng gedreht	2	5–8	6		Geschicklichkeit, Feinmotorik	26
Der goldene Ring	2	3–5	5		Sprachlicher Ausdruck, Raumempfinden, Körperkoordination	26
Zitterdraht	2	8–12	6		Feinmotorik, Gleichgewichtsempfinden, Geschicklichkeit	27
Wortdraht	1	5–8	10		Vorstellungskraft, Feinmotorik	27
Drahtbesteck	2	5–8	8		Geschicklichkeit, Feinmotorik, Kraftempfinden	28
Aufgespießt	2	5–8	7		Kraftempfinden, Geschicklichkeit, Körperkoordination	28
Drahtschatten	2	10–20	9		Vorstellungskraft, Feinmotorik, Tastsinn	29
Stromdraht	1	5–8	4		Kraftempfinden, Geschicklichkeit	29
Blindbieger	2	8–12	8		Vorstellungskraft, Feinmotorik, Konzentration	30

Spiele mit Tüchern

Betucht	2	8–12	7	x	Körperkoordination, Kraftempfinden, Reaktionsvermögen	32
Tuch-Hockey	5	10–15	6	x	Reaktionsvermögen, Motorik, Kraftempfinden	33
Knietuch	4	5–8	6		Körperkoordination, Kooperation	34
Tausendfüssers Taschentuch	8	5–8	6		Körperkoordination, Kooperation	35
Tunneltuch	2	2–5	6		Feinmotorik, Körperkoordination	36
Was verbirgt das Tuch?	2	10–20	4		Vorstellungskraft, Tastsinn	36
Kreiseltuch	4	8–12	7		Kooperation, Motorik	37
Kopftuch	6	5–8	6		Reaktionsvermögen, Körperkoordination	37
Schleuderlappen	6	5–8	6		Körperkoordination, Kooperation, Kraftempfinden	38
Fühl' alle unterm Tuch	4	10	6		Vorstellungskraft, Tastsinn	38

Spiele mit Hölzern

Holzwurf	2	8–12	6		Kraftempfinden, Geschicklichkeit, Motorik	40
Fußholz	2	5–8	7		Kraftempfinden, Geschicklichkeit, Motorik	41
Paarhölzer	2	8–12	6		Kraftempfinden, Geschicklichkeit, Motorik	41
Holzformen	2	5–8	10		Vorstellungskraft, Tastsinn	42
Treibholz	2	5–8	7		Kraftempfinden, Geschicklichkeit, Motorik	42
Holzstapelturm	2	10–15	6		Gleichgewichtsempfinden, Geschicklichkeit	43
Fliegendes Feuerholz	2	8–12	6		Kraftempfinden, Motorik	43
Holz-Nest	4	5–8	8		Vorstellungskraft, Gleichgewichtsempfinden, Geschicklichkeit	44
Stockzug	2	5–8	8		Körperkoordination, Kraftempfinden	44

Spieltitel	Mindest-anzahl	Dauer	Mindest-alter	Leiter	Förderbereiche	Seite
Fallende Stöcke	4	8–12	6		Reaktionsvermögen, Körperkoordination	45
Körperholz	4	15–20	8		Körperkoordination, Geschicklichkeit	45
Holz-Fuß-Pyramide	3	5–10	7		Körperkoordination, Kooperation, Geschicklichkeit	46
Scheit-Kreis	5	10–20	5		Reaktionsvermögen	

Spiele mit Papier und Pappe

Spieltitel	Mindest-anzahl	Dauer	Mindest-alter	Leiter	Förderbereiche	Seite
Hochstapler	2	2–3	6		Reaktionsvermögen, Kraftempfinden, Geschicklichkeit	48
Echt heiß	4	8–12	4		Körperkoordination, Kooperation	49
Wunderröhre	2	10–20	4		Sprachlicher Ausdruck, Visuelle Wahrnehmung, Vorstellungskraft	49
Gut behütet	2	15–20	7		Feinmotorik, Geschicklichkeit, Gleichgewichtsempfinden	50
Mini-Zeitung	2	5–8	7		Feinmotorik, Kraftempfinden	50
Das stand in der Zeitung	4	20–30	8		Vorstellungskraft, Sprachlicher Ausdruck	51
Pressekollektion	4	20–30	7		Vorstellungskraft	51
Höre, schau und hau	2	15–30	4		Sprachlicher Ausdruck, Reaktionsvermögen, Visuelle Wahrnehmung	52
Presse-Wäsche	4	20–30	8		Vorstellungskraft, Feinmotorik, Übersicht	52
Nachrichtenbalance	2	10–20	4		Gleichgewichtsempfinden, Körperkoordination	53
Nachrichtensauger	2	15–20	6		Körperkoordination, Übersicht	53
Nachrichten-Labyrinth	2	10–20	9		Visuelle Wahrnehmung, Übersicht	54
Neues vom schnellsten Reporter	2	20–30	9		Visuelle Wahrnehmung, Wissen, Reaktionsvermögen	54

Spiele mit Münzen oder Deckeln

Spieltitel	Mindest-anzahl	Dauer	Mindest-alter	Leiter	Förderbereiche	Seite
Das Schwerste zum Schluss	3	10–20	5		Gewichtsempfinden, Einschätzvermögen	56
Stapelscheiben	1	15–20	5		Gleichgewichtsempfinden, Feinmotorik	57
Blinder Bankier	3	10–20	9		Tastsinn, Vorstellungskraft, Rechenvermögen	57
Deckeldreher	1	10–20	6		Feinmotorik, Reaktionsvermögen	58
Scheibenroller	2	10–20	6		Feinmotorik	58
Mini-Shuffleboard	2	10–20	6		Kraftempfinden, Feinmotorik	59
Deckel-Tablett	2	10–20	5		Kraftempfinden, Geschicklichkeit, Körperkoordination	60
Randeckeln	2	10–20	8		Kraftempfinden, Motorik, Treffsicherheit	60
Die kleine Kolibris	3	15–25	4	x	Geschicklichkeit, Motorik, Kraftempfinden	61